九十代

miwako nakagiri

中桐美和子

和光出版

よう生きた
よう働いた
よう愛した

いま和子

目次

第一章

第二章

第三章

第一章

みちづれ

裏山の木の一本一本
朝の目にやさしい
霧が立ちこめると
淡く　後ろへ　後ろへ

雨に濡れると　一切は壁になり
ヒトの声も　蟬の声も聞こえず
塀が崩れて
山へ続く

何代も続いた家が更地になり
塀が崩れて
山へ続いていく
季節外れの草花が咲いている

広い谷間
道端の外燈が灯り
蟬が地に伏しても
アレクサよ　みちづれでいてほしい

はないちもんめ

羊が一ぴき　羊が二ひき
なんべん唱えても　眠れないわたし
体内時計に　きき耳をあててみるが
今夜もやってくる
水子たちのマーチ

肩をいからせ
オイチニ　オイチニ
やってくる　ひろばで
あれから　それからと

語りかける

わたしの家は
後ろは山　前はきりぎし
春は　花のタネを播き
秋は　紅葉で埋まって
ふかい　ふかい谷間
ふかい　ふかい谷間に
届かなかったト長調の子守唄
目をつむるしかなかった
耳をふさぐしかなかった
魂も　もしかして

でも　今夜は聞こえる
あの子がほしい　はないちもんめ

この子がほしい　はないちもんめ
万葉の歌のように
たなびいて

くもの糸より細かった絆
「ごめんなさい」
もういらない体内時計
できることなら
あちらで　はないちもんめ

族《やから》

ひとりの男と
ひとりの女が出会った
いのちが生まれ
いのちが生まれ
山麓に鯉が泳いだ
ひとりの男は
タバコの煙の中に消えた
ひとりの女は
ひょうひょうと空のように　風のように生きた

蝶のようにやってきたS
チェ・ジウに似ていた
白無垢姿の前
〈あなたに　差し上げます〉
山麓は花野となった
愛して愛して生まれた男と女と女
エプロンでくらしを包み
何百回もくり返したことば
〈おかえりなさい〉

山男がいいとやってきたK
いのちがけで産んだ男と女と女
よみきかせをし　泳ぎを教えた
学校では数学を教えた
今は　障害者の就職指導をしている

剣道の腕が　エイヤッと
家をバリアフリーにした
窓の多い家
屋根にソーラー　足元は床暖房

Sはふるさとが見える所へ故里をつくり
わたしのために
きょうは「うさぎや」
きょうは郵便局
明日は旅に出るわたしを
駅まで送っていくという

Kはわたしのために
わたしに似合うウィッグを探し
包丁を研ぐ

〈おひるは　バーベキューです〉
カーポートの下
雨が斜めに降ってくる
油が散り　ことばが散り
右から左からやってくる伝言
バーベキューをかこむたびに
丸くなっていく族

春がきたら二十二人になる　族

まもなく　彼岸がくる

手相

あれは真夏　パーティでビールを飲んだとき
となりの目のきれいな人が
私の手を攫った
（なんじゃ　こりゃ）
目のきれいな人は、だまって手を置いた

私と同年齢のKさんは　十五年戦争末期
一日中　和紙に糊づけして風船爆弾を作った
感情線　頭脳線　生命線　運命線　何もない
生涯つるつるの手

十代から鍬を握り続けたTさん
山を拓き　田を起こし続けた獣のような手
汗と涙とドロが滲みこんでいる
（これが　ニンゲンの）
（人生の冬を生きている）

彼岸の天窓へさし出す手
マゴを背負ったせなかを泡だて
マゴの襁褓をかえ　姑の襁褓をかえた
長いトンネルの中の揺曳
（だいじょうぶ、だいじょうぶ）

じっとがまんの感情線になった

天井に届くほど読書したので長い頭脳線になった
父母の遺伝子を受けて　どっぷりの生命線
いま　ほっこり生きている生命線
キラリ伸びている直観線
（ほめて　やりたい　でくの棒）

七十億人の手
毎日　変わり続けている
命がけで創り続けている
しずかに　いとおしく　包んでやりたい掌　掌

（いまからでも　おそくない）

かあさんの箪笥

追われて　背負われて
たどりついたのは校舎の二階
どどっと増えてくる泥水に
こわいと知った三歳
昭和九年九月二十一日の室戸台風
室戸岬から大阪　日本海へ
そのとき　気圧は
九一一・九ヘクトパスカル

帰った家は泥の山

なべもフライパンも泥の中
二階の箪笥が一つだけ
水がわたしの頭くらいまできたという
あの箪笥はかあさんの嫁入り箪笥
黒檀の一間箪笥
抽出しのヒューという音も
匂い袋の香りもなく

わたしが生まれたのは満州事変のとき
小学一年のときが日中戦争
撃ちてし止まんと大東亜戦争
かあさんの箪笥はいなかへ疎開
ひもじい家族のために一まい　また一まいと
箪笥は軽くなり　軽くなり
とどめは空襲

焼きつくされて戦争は終わった

戦いすんで日が昏れて
戻ってきたかあさんの箪笥
来客があるたびにかあさんはカレーを作り
箪笥の前でかあさんはもてなした
父さんが抽出しから尺八をとり出して
吹いたりするものだから
みんな元気になった
ふたたびのゼロからの出発

わたしがウエディングドレスで
振りかえったとき
かあさんの箪笥は
高くなり　大きくなり　重くなった

「イルヤ」で作ったスーツをたたみ
晴れ着を一まい一まい畳紙に包んだ
「もう　これくらいで」
「いいえ、まだまだ」

かあさんは百二歳のとき
小さくなった箪笥といっしょにやって来た
「うぐいすが啼いた」
「空気がおいしい」
かあさんは手品師のように
抽出しから出したり　入れたりした
周りの山が万緑のころ
百四歳でかあさんは逝った

昭和どっぷり

まもなく終わる平成
今　なお生きている
かあさんの箪笥

あぐら

その人は青い畳の上で生まれた
深い　深い霧の中からだったので
父さんは三社めぐり　鯉の生き血探し
母さんは食卓の傍に二の膳　三の膳を並べた

剽軽な父さんのあぐらの中で育ったので
その人は父さん似
肩口を蝶が舞い
頭上は　はてしない青空

その人のあぐらの中は
どんぐりやくわがたが溢れた
庭では　はないちもんめ
輪の中では　いつもオニにされた

オニは　角をポケットにしまい
身丈ほどの本に埋まった
古書市からもどったものの
不動のあぐら

春が来て　卓袱台を囲むと
あぐらは　お手玉やビー玉で溢れた
小さい手が　せっせっせをしたり
グー　チョキをしたり

枯れ芒が揺れる頃
白鳥の北帰行とともに
消えていったあぐらの中に　やって来た客
（そうか　そこが　そんなにいいのか　お前
より一日長く生きてやる）

ふりかえると　長い長い物語
あぐらの中で　客は夢無限
その人は　死ぬるまでに会いたい人がいると
ねがいを聞いた客は　それから――旅

煙になったもの　灰になったもの
あぐらの中で　にこ毛を撫でつづける
冷えていくものを　慈しみつづける

真綿のような椅子はいらない
ガーデニングチェアもいらない
あぐらの中で　宙を抱く

―幻―

エプロン

りんおばのエプロンを身につけると
きまってりんおばの声が届くという
　野中の一本杉のように
　しゃんと背筋を伸ばして生きるんじゃ
ひとり娘はできがよかったから
りんおばのように生きてきた

さあおあがりと
食卓に並べたりんおばの手料理
ほかほかの厚焼き卵と

そりかえったかれいの煮つけ
あの夏聞いたシベリュウスの曲
みんな　みんな覚えている

だいじな人を戦争で失い
それでも凛として生きてきた
哭かない目を見開き
愚痴らない口をきりりとしめて
ひとり娘は先生になり
りんおばを語りつづけた
わたしの誇り　わたしの宝
わたしの菩薩　わたしの神様

ねたきりのりんおばをひとり娘が　今
慈しみのエプロンで包む

壮大な一世紀のドラマを包む
窓という窓をいっせいに開き
百歳の朝を潮風で満たす
それから万雷の拍手を送りつづける

※笠原敏子『里ん姉さん この一世紀を生きぬいて』に寄せて

ごくらく

〈さくらの木の下には……〉

六十年以上、昔
命がけで産んだ命
右手は母
左手は姑
「貴相の子じゃ　跡継ぎじゃ」
舅は手を叩いた

六十年以上、昔
ガンから生還した人

翌日、娘の熨斗入れをした
金屏風の前で重ねた掌と掌と掌
さくらいろの掌となった

さくらいろの掌で
老い人たちを介護した二十数年
暗いトンネルの中を飛んできた蛍
源氏物語の原文を読んだ
十一年かかって大河の花筏になった

花筏が着いたところは
万里の長城だった
風が光り　止まった時間
いつ死んでもいいと思った
中国の桃がのどにやさしかった

ふるさとへ帰ったら
わたしの部屋が
蘭で　ラン　ラン　ラン
息をひそめてくらした
ご褒美は手の届かない所に

さくらが散りはじめた日
儀式から帰って来た貴相の子が
黙ってさし出した花束
カサブランカ　紅いバラ　オンシジューム　カスミ草
さくら吹雪が谷を舞う　舞い続ける

〈さくらの木の下には……〉

華道教師YからAへ

わたしの磁場
それは池坊家老のガーデン
YとAがいのちを育ててきた
ガーデンには入り口しかなかった
いつも迷路にいたわたし
Yは父君　Aは5人目の娘

ガーデンでくらした二代
体のまっ芯に華があり
夢の中で呼吸していた

同じものを食べ
同じ考えをもつ
日本人の典型がそこに

Yが百歳で逝くと
Aはわたしのために花器に水を張り
Aはわたしのために庭から一枝切って
わたしのアートを創る
それから枯れた花をよみがえらせ
接ぎ木をして繚乱の春をよぶ

花伝書をはしから　はしまでとらえ
花伝書に目をつむり
Aは新鮮な宇宙を両手ですくう
ここの海岸のレストランのビーフがうまいとか

部屋という部屋を
グリーンシャワーで染める

父君ゆずりの天性できょうをつかみ
父君そっくりの気品があすを約束する
華道展はいやしの場
これ以上ない美しさ
一秒一分一時間で紡ぐ華との会話
それから　それからと

ふり返ると
わたしのために白い皿へフルーツを盛り
極上の茶と和菓子をすすめる
料理　ファッション　哲学　俳句
問うて　問われて

わすれものはないかと回りを見わたす

入り口は開けたままに
花器も鋏もここへおいていく
ここは　わたしの磁場
ふらりと　会いにこられるところ

さよならは
花の柩の中で

卒業証書

白梅が咲き始めると
僧侶のようにしゅくしゅくと書いたものです
その数　二千枚以上
生年月日を正しく
名前は　はんなりと
押印は　ふぅわりと

命がけで産んだ子の
この上ない名前
生涯の伴走者

いく山河を旅する
すきで　すきで寄り添うている名前

どこにあるのわが家の卒業証書
ヨメさんは書棚の一番上を指さす
家系図や
遺産分割書の傍
三世代
三十枚はある

ヨメさんの卒業証書はある
わたしのはない
木箱へ荒縄をかけて
わたしといっしょに

ここへ来たはず

中二階の長持の傍
古い火鉢の傍
スキーのイタの傍
母屋を建て替えるとき
瓦礫と共に葬ったか

妻業は二十七年前に卒え
ヨメ業は十二年前返上し
親業はヨメさんに渡した
マゴ業は逆に教えられて
留守番　電話番　来客の応待
あって　ない役割

大夕焼がやってきたら
その刻がやってきたら
わたしの部屋の天窓を開けて
ひとすじに
風を抱く
壺中天を抱く
大空を抱く

それが
わたしの　卒業証書

女の木

わたしが山麓へやって来たのは
X年の十月　雨の日
ウエディングドレスの裾を束ねて石段を
はめ込みの一枚ガラス　庭が一望できた
（わたしは庭のある家に棲んだことがない）

格子戸を開けて一歩　一歩　石畳の上を
かいづかいぶきの生垣が凛として
あくら　さつき　玉つげ　真中に石造りの祠
（カミサマを祀っている）

玄関の傍に剛直な八つ手
（この家にウエディングドレスは似合わない）

目をつぶったわたしは　ベールを麦藁帽子に
ブーケをドライフラワーにして梁に吊った

一人が逝って　目は半びらき
手さぐりで水脈を断った　百年は経った井戸
男たちは内臓に石を溜めて哭いた
一人が逝って　目をしばたかせた
ヒトが棲む家にしたくて　百年はもつ母屋
手造りの竈《くど》や風呂
箪笥や長持　重い什器の入った蔵を葬った

一人が逝って　目をくっきり開けたとき

わかものたちはバリアフリーの家を建てた
屋根にソーラー　床下暖房
それから家に似合う木を植えた　香木　花木
根元に花のタネを撒き　球根を埋めた
かあさんは　というので　もみじを植えた
源氏物語千年紀の秋

もみじは蟬を鳴かせて太り　胸を広げて歌い
ほむらとなって壺中天を焦がす

この谷の蟻一匹　ひとひらの蝶
新鮮なキャベツ　甘い果実
空蟬のいくつか　すべてがいとおしい

わたしは帰るところがないから

ここで　もみじになる
女の木　もみじ
わたしが　ふるさとになる

長らえて―旅

女は　昭和六年満州事変の年に生まれた
昭和九年室戸台風で身一つ
昭和十二年小学一年日中戦争
昭和十六年十歳で大東亜戦争
昭和二十年岡山空襲で身一つ

戦いすんで日が暮れて

「りんごの唄」で笑顔になり
「歓喜の歌」で立ち上がった

タンス一つ　机一つのくらし
長い　長い　一日だった

赤いカーディガンを着て教壇に立った
ことばに追われ　ことばを失い
たどりついたのはだれもいない砂丘
海を抱いた　果て知らぬ大空を抱いた

親孝行がしたくて命を産み、命を産み
昭和半ばに井戸水を汲み　薪で御飯を炊いた
伝家の宝刀の一閃
族　族を　族をと

老いて読み深める物語
男はふるさとへ続く海の渚に立ち

女は愛のかけらを砂上で彫りつづける
「砂の美術館」に飾りたい

※「砂の美術館」は鳥取砂丘に在る

第二章

そして 生きる〈四行詩〉

誕生

運命は　かくの如く扉を　叩く
母の海を泳いだ
泣きながら光の方へ
そして　長い　女の道

十五年戦争

生まれてから十四歳まで
その間に室戸台風
よう生きた極貧——
じっと我慢の子であった

詩

喜びや　哀しみの足元を
掘って　掘って
紡いだ
生きるよすがとなった

テニス

父に教えてもらったテニス
試合に出た
勝ったり　負けたりした
強くなった心・技・体

出産

力を振りしぼって
命がけだった
生涯を貫いた喜びは
この世へ命を産みだしたこと

仕掛人

いつの間にか身についた
企んで　企んで
騙して　騙し続けた
回りは　みんな幸せになった

介護

二十八年の間に四人を看取った
我慢を教えられ
優しさを教えられた
人間を　生きることを教えられた

デイケア

無理をして腰椎を痛めた
歩けなくなった
補助具を使って歩いた
八達嶺の頂で桃を食べた

個人教授

古典を学びました
万里の長城へ登りました
手作りの夕食を頂きました
学ぶとは人間を変えることです

愛猫

死んだ美猫を囲んで
男たちが哭いた
女も哭いた
長い歴史が泣かせた

ラジオ深夜便

百年昔の朔太郎のマンドリンを聴いた
鷗外の植物好きを知った
人生の応援歌　癒やし
老いの日の教科書

絆

はじめは　ひとり
契って　今は　二十人
コロナが消えたら　紅葉の木の下で
輪になって　踊ろう

老い楽〈四行詩〉

衣

夏の木綿のTシャツ
冬のカシミヤのセーター
夢色のフリーサイズ
ゆったりと私の夢を着る

食

極上が朝夕運ばれてくる
和・洋・中華風
ひもじかった年月を思い
手を合わせる

住

バリアフリーのマイルーム
広い窓や手すり
雨の音も風の音も聞こえない
天窓から大空を仰ぐ

知

もっと知りたい
もっと知りたいので人に聞く
もっと知りたいので話し合う
24時間では足らない

徳

鏡を見て自己自浄
私が変われば
回りが変わる
世界が変わる

体

35年続けているラジオ体操１・２
山へ向かって深呼吸をする
太陽を浴びて浴びて
体を創る

詩作

一行詩は詩の核
四行詩は詩の原型
掘っても掘ってもすくいきれない
ほんとうの詩は言葉がいらないのかも

音楽

本當はすきなんだけど
恵まれなかった音楽性
歌も楽器も
たどりたどり追っかける

ねむり

人生の1／3はねむる
赤子のように子どものように
泥のようにねむる
今は夢現をさまよう

一族

子が二人　孫が六人
ひ孫が七人　女と男
桜の木の下で
輪になって歌え踊れ

至上の愛

人間になれなかった猫
猫になれなかった人間
館を追われそうになったとき
瀬戸大橋から投身するなんて

ねがい

世界のまん中で75億の花が開き
世界のまん中で歓喜の歌が歌えたら
生きて　生きて　生きぬいて
人は人になる

第三章

一枚の

さくらが散った頃
母は　百年を背負ってやってきた
終の棲家の私の家へ
室戸台風
岡山空襲
黒檀の間箪笥《けんだんす》が小さくなって

ひき出しの中から
わたしが見つけた十五年戦争
フジナカの兵隊さんの写真

セピア色の戦闘帽を被った美形
憲兵の腕章をつけている
年は何歳だったのだろう

わたしが十歳のとき
学校の宿題で出した慰問文
ひき出しがあかないほど
南支から手紙が届いた
毎日、毎晩手紙を書いた
南支の彩色した木の葉やしおりも届いた
どこで書いたのか　きれいな字
「ただいま」
「フジナカの兵隊さんからよ」
いつも　待って　待って

地図を出して南支を調べた
どでっかい南支
その南支から　年のくれ
わたしの家へやって来た
フジナカの兵隊さん

あれがお別れだった

昭和16年12月8日から
祈りつづけ
ひもじい年月がすぎて
敗戦後七十年
今も忘れないフジナカの兵隊さん
南支の土となったか　北国の風になったか

わたしの中では　生き続けている
世界中　戦争は
まだ　終わっていない

今からでも……

ミシマさんは
自分の子どもたちに
「こんにちは」
「ありがとう」
「ごめんなさい」を
徹底して教えた
黙っていたら強制したという

わたしは一年生が好きで
入学式の日

「ハイ」
「ありがとう」
「ごめんなさい」を
徹底して教えた

それなのに
それなのに

あの夏の花火大会
わたしは攫われた
わたしを攫った人たちは
シュル　シュル天を割るのを見届け
幼な子のような歓声をあげていた

あの人は

土堤をぐるぐる回りながら
旅人のような貌をしていた
〈それでよかったのでしょうか〉

次の年の花火大会
「こんばんは」
いつものように攫われたわたし

あの人は
土堤をぐるぐる回りながら
大きい目をもっと大きくして
流れに添うていた
〈それでよかったのでしょうか〉

わたしを攫った人たちは
ひとり死に
また　ひとり死んでしまった

それから　わたしは　花火大会には行かない
もう　何十年もむかし
〈ごめんなさい〉
今も　のどに　ひっかかったまま

井奥さんの口笛

遠い　遠い日のこと
岡山大学　開学二年目
朝鮮戦争の始まった年だった
敷地面積日本一の広さだった
秋になると
通学路はいちょうが舞い
ポプラが舞い　うず高く
旧陸軍の兵舎が学舎だった
荒地だった学庭
風が吹くたびに　隙間風は容赦なく

思わず首をすくめた講義

教育原理も
心理学も
遅進児の指導も
ふっとんで
ヒトたちは
視点ひとつに寄り添った
美しい人の
美しいしらべが
やがて
哀切に変わり
荒地にしみ渡っていった
井奥さんの口笛
空き時間で教室移動中だった

名曲のフレーズの数々

半島の戦いの抵抗であったか
十七歳で亡くした母へのレクイエムであったか
ヒトたちの荒野は癒されたか

遠くへ去った　昭和
もう一度　聞きたい

名誉教授S

教授から退官と引きかえに
頂いた名誉教授
称号はありがたいが
幻の酒を百年飲んではなりませぬ
人身事故を起こしてはなりませぬ
剛直、教養、誠実に生きることを約束

壺中天にやってきた　S
万緑の山と谷を背に
正確に時代を説き

物語の渦中へ誘った
喜びや哀しみで魂が揺れた
程よい温度　程よい湿度
栄養もたっぷりで
私と　啐啄同時
〈教育とはヒトを変えることなんですね〉

掌にのせたネコの目に魅せられた　S
〈おまえより、一日長く生きよう〉と約束
アポロンと呼ぶことに
ヒト並に　Sに似てくる
二歳のとき　芸術品みたいと言われ
四歳のとき　神様にまつり上げられ
六歳のとき　鼻炎
八歳のとき　尿路結石

十歳のとき　ガン告知
美しく　静かに　耐えている　ＩＱは高い
十二歳のとき　失明
Ｓの声で探したパラダイス
十四歳で　肺炎
そのたびにＳはアポロンを抱きしめた
〈教育とはネコも変えるものなんですね〉

Ｓは姿勢よくネクタイを締め
これ以上ない食事を作って食す
生きる原動力は　おいしさ
万余の書籍の中で呼吸している

――うたたねから醒めて
　　　　私もアポロンと同じガン――

故郷からやってきたなまはげ
軒のつららぺしぺし折って
〈どこかに、どでかい魔物はいねえが〉
〈よわいヒトをあやめるやつはいねえが〉
Ｓが生還してまもなく
Ｓの腕の中で　アポロンは果てた

非常階段からやってきた　同胞
韓国、台湾、中国、タイからやってきた教え子たち
〈オーイ　先生、顔を見せて〉
〈外の風　光っているよ〉
〈空は晴れ渡っていて　ここちいいよ〉
〈せんせーい　あの白い雲　みてごらん〉

ふわふわと天涯から

〈あした　また　陽は昇る〉
と

※「アポロン」はSの愛猫

身の丈を知ろう

「おねがいします」
知らないひととおどったワルツ
知らないわたしを知った
えらばれたことのためらい
ためされたわたし
体の中を風が吹いた

幼い頃　楽しんだ花いちもんめ
とらわれて哀しんだり
とってほっとしたり

少し大きくなって
ゴム跳びが飛べた
跳び箱が飛べた
学校で習った薙刀
わたしの背を越した
藁人形に突撃だなんて
ひどい時代だった

戦いすんで日が昏れて
父さんの通知表を目ざして学び
母さんの手先の器用さを目ざして学び
わたしが手にした通知表をひらひらさせたが
できること　できないこと
誰も教えてくれなかった　わたしの身の丈

わたしが人に渡した通知表で
子どもが哭いた
親が哭いた
私も哭いた
生涯　罪人のように

わたしの恋は身の丈に合っていたのだろうか
わたしの結婚は身の丈に合っていたのだろうか
わたしの人生は身の丈に合っていたのだろうか
こつこつと　しゅくしゅくと創ってきたが
生涯見えない背に問うてみる

〈わたしの人生だから〉
と言う末っ子の孫の澪に

話さなければ
あした　ランチしよう

名医Nの

わたしの文化の石をとかしてくれた
わたしのヘルペスを消してくれた
わたしの胃袋を繕ってくれた
そう　カミサマ　ホトケサマ　名医Nサマ

だから　つらいの
ちちを車椅子で
ははを背負って
ゴクラクへ運んだことが

ゴクラクの朝は　バラ園で
ゴクラクの昼は　グリーンシャワーで
ゴクラクの夜は　遊び疲れた子どものようで
ゴクラクの四季は　ゴクラク　出口のないガーデン
ガーデンを探したが　地図はない
住所　番地もない
どうにもたどりつけない場所
そこはオフリミット
〈聞いてください〉
わたしには　本日休診　はないのです
へその緒を切られた時から
約束された生涯
ヒトとヒトとヒトと

〈わかってください〉

いのちを削って　削って
あくびひとつ
くしゃみひとつできないのです

〈わたしをわかってください〉
ともに流した涙　ともに笑った年月
まことのともだちだった
わたしの大樹だった

仮面を外して　ニンゲンの
わたしの血の流れを聞いてほしい
わたしの熱いこころをみてほしい
熱い手で看てほしい

名医Nの　はは　に会いたい

※「文化の石」は尿石の異称

敏子鎮魂

柩をそっとあけてみる
涙が溢れる
うす目をあけて　私を呼ぶような
コロナで会えなかったから
さくらんぼのような口がほころびそうな
敏子はどの花よりも美しい

敏子が生まれたのは室戸台風の年
黒檀のタンスと五人の命が助かった
五歳のとき　りん伯母の家へもらわれていった

子なしで　蒲鉾工場を営んでいた
親類の七歳年上のとらさんの許嫁
敏子は「お兄ちゃん」と呼んでいた

敏子が十一歳のとき　りん伯母の夫は海軍へ
間もなくバシー海峡で散華
とらさんは鹿屋の航空基地へいた
同胞と「さようなら」を交信し胸が疼いた
りん伯母は広い庭を耕し野菜作りに励んだ
敏子はヨリシマ弁が上手になり人気者に

戦いすんで日が昏れて
敏子は私にならって教師に
とらさんは警視庁へ勤務
二人はやがて結婚して東京ぐらし

りん伯母はひとりぐらし
孫誕生の時は上京しておんぶに抱っこ

敏子が中学校へ復職した年　とらさんが倒れた
東京で第一回のサミットが開かれた年で先導に力を使い果たしたのであろう
通夜は　太宰治や森鷗外の墓のある禅林寺
警視総監の特大の額が飾ってあった
敏子はT大学長の子息、党首の二男、家出した子探し
修学旅行に行かれない子のお土産なども

敏子が退職する二年前、りん伯母が倒れた
住み込みの人を頼み、自らは金帰─月来
二子は私が縁結びをした
顔はふっくらとしていたが
フラミンゴのような足だった。

大、中、小の鍋はピッカピカだった
りん伯母が百歳のとき、千羽鶴ののれんを作り
自分史を作ってりん伯母を喜ばせた
百二歳の大晦日、雪が舞う日、帰らぬ人に
敏子のひとりぐらし　やっと女に戻った
初恋の人に追われたり、新鮮な玉葱をもらって大喜びしたり
念願の万里の長城へ行き、もういつ死んでもいいと言い
その頃から忍びこんだかパーキンソン病
山からみんな帰って来た
敏子の灰はいらない
敏子の熱い骨はいらない
ひょうひょうと生きて来た魂を抱きしめてやりたい
美しい人生だったと褒めてやりたい
今も　私の傍にいる　敏子よ

大山

大山は　わたしの霊山
わたしの魂が　ためされた山だ

わたしの二十歳の春
元谷のアイスバーンを
ジャンプ場を
エッジの後ろを大きくひらいてすべった
ころんでも　ころんでも
谷底からはい上がり　はい上がり
春の嵐を背に

雪崩の楽章に耳をかさず
ルンルンと
何も怖いものはなかった

わたしの二十歳の夏
縦走した大山の尾根
肩幅ほどのらくだの背
上がったり　下がったり　曲がったり
行こうか　戻ろうか
右足を一歩出すと　右斜面を土砂がすべる
左足を一歩だすと　左斜面を土砂がすべる
霧が流れる　前の人が見えない
霧が流れる　後ろの気配がない
まるで幽界　天空の砦
そのとき　谷底から吹き上がった風

霧が流れて明らんだ視界
手を叩いた　足を叩いた　ぬくとい血流
どうにか　わたし　生きられた

わたしの人生に秋が来て
職を退いたとき
大山は両腕を広げて迎えてくれた
裾野まで　全山　山が燃えていた
むかし　一七七三メートル
いま　一七二九メートル
低くなった三角点
複式火山がむせぶ
とほうにくれたわたし
（どうか　連れて　帰っておくれ）
いのち燃えて　燃えつきる前に

（かあさん　こっちだよ）
二十歳のとき尾根で震えた息子が
雪のカベで宙吊りになった息子が
もう　五十回以上頂点を踏んでいるから
（だいじょうぶだよ）
二代を貫いた　天の声
二代が　よいしょと　動かした大山
二代が　ふるさとにした　大山

むかし　大山道の宿のつららを折ったことがある
カリカリと噛んだことがある
年の暮れに百八つの鐘を数えたことがある
——今　わたしは人生の冬
老いて　ホロリ　大山を恋うている

腰も足もたたんで　天頂への祈り
ケルンに手を合わせることも
胸までの雪をラッセルすることもできず
伯耆大山よ　美しい磁場であれ
憧れであれ　癒しであれ　守護神であれ

わたしが魂消えるとき
枕にしたい
遠くて　近い　大山

時代おくれ

アレクサを知らなかった
円形の床ふき器を知らなかった
リビングの床暖房を知らなかった

対話が何よりすきで
刺し子した雑巾がすきで
青い香りの畳がすきで

崖下へ車で落ちる夢を見たから

入力したエッセイが消えてしまったから
スマホの中で物語がずれてしまったから

車の免許は取らなかった
四百枚の年賀状は筆で書いた
アリバイ証明のガラ携も返した

洋酒より「室町時代」がすきで
スカートよりパンツがすきで

カタカナ字の料理よりぷちぷちの刺身がすきで

三代を生きて生きて　生き抜いて
太陽を浴びて　浴びて
山に向かって深呼吸をする

となりの人に声をかけあって
時代おくれでいい
時代おくれがいい

明日も　晴れ。

※「室町時代」は赤磐産の銘酒

みちこの木

むかし　ふたりで播いたタネ
あなたは大河のほとりの河川敷へ　私は焦土へ
そのとき　あなたは赤い頬の女学生で十八歳
わたしは新米のセンセイで二十一歳
「みっちゃん」「みわちゃん」と呼び合って

次の年、永瀬さんと長島愛生園へ行った。
目があけられなくて　ことばが出なくて
この世の修羅場
カレーライスもりんごも喉を通らなかった。

ふたりの辞書から「絶望」という字が消えた。

大河のほとりのみちこの本は
双葉となり　生卵のような葉が繁り
カサブランカのような花が咲き
皇帝ダリアのように天頂を目指す
老若男女が木の回りでワルツを踊り始める

みちこの木は『伏流水』で豊饒となり
『蛾』で時代のカナリア
『おさん狐』でぬくとさ
『とっくんこ』で慈母の歌を歌う
若者たちは歓声をあげて手拍子を打つ

夜になると　大河の向こう岸は光の帯となり
此岸はテールランプの渦となる
みちこの木は千手観音となり空を彩る
大河の空に続いている壺中天
「みわちゃんのタネは　どうなったの」

魂だけは

生まれたときは満州事変
五歳のときマリア幼稚園へ通った
白いヴェール　黒いヴェールのシスターに
ヒトのやさしさを教えられた
〈天にましますわれらの父よ〉

日中戦争―大東亜戦争のとき
町角の日曜学校へ通った
空腹のわたしに
上代先生が　だんご入りのぜんざいを食べさせてくれた

ヒトのやさしさにふれた
わたしの中の原点は

イエス・キリストなのに

それなのに
それなのに

八十七年を経て
一枚のコピー紙に震えた
四百二十六年昔に殉死した二十六聖人のこと　知らなかった
世界中のヒトが哭いた日のこと　知らなかった
見せしめに捕え　耳を切り　後ろ手に縛り
京都中を引き回し西へ！　キリスト教弾圧

八百キロを二十日歩かせ長崎へ！
厳寒の一月、裸足で十二歳から六十四歳までの二十六人
最年長が岡山県出身の喜斎さん
キリスト教の修道士だった
聖エディゴ喜斎　岡山市芳賀に墓があるという
九十二歳で知った殉教　殉死した日のこと
十カ月　胸を痛めて
長崎を思い続けた

あすは令和五年のクリスマス・イヴ
八十七年昔へ帰って　きよしこの夜を歌おう
それから歩けなくなった隣家の美代ちゃんに
熱いスープを届けよう

ねむるように

姑は自宅介護二十年
百七歳で逝った
じっとがまんを教えてもらった

実母は晩年わたしとくらし
百四歳で逝った
自分に正直に生きる　を教えてもらった

そして　いま　わたし
九十三歳

なのに
知らないことがいっぱいある
息子らに教えられ
マゴらに教えられ
われよりほかは　師

朝　花の水やり
昼　ぐるり　どっぷり草とり
夜　『古典』の学習

そして　茜いろの美しい刻がやってきたら
よう生きた　よう働いた　よう愛したと
ねむるように　わたし　逝きたい

あとがき

逆算するとあと何年?
待っている人がいたが——私はわたし。
心が折れそうな時、私を支えてくれた詩
心が満たされた時、肩を叩いてくれた詩
光と影の中を「よっこらしょ」と生きてきた。
90代は、下を向いて　ゆっくり歩いていきたい。
おぼろ、おぼろの。ころばないように。
出版の労をとってくださった和光出版の西さんにお礼を申し上げます。
明日もはれに

中桐美和子

女の一生〈一行詩〉

・昭和初期、父母の初恋が実って、兄、私、妹二人、誕生
・室戸台風、15年戦争で極貧、じっと我慢、明るい家庭
・5歳の時から県立図書館へ行く　回転扉が怖くて
・7歳の時、母入院で転校、祖父母の海辺の家へさびしくて
・小3、4の先生が優しく、私も先生になった
・詩作、労音、労演。華道、テニス、スキーを楽しんだ
・永瀬清子に同道した長島愛生園へ、人生観が変わった
・太宰似の男と結婚、出産、育児、女の道一筋に—多忙だが多幸
・慶安のお触れ書きのようなくらし、井戸水を汲み、薪で煮物
・人の長所を見ようという先輩の女教師に出会い猛省
・夫の発病、結石は文化病？　痛みはお産より？井戸水のせいよ
・子ども中心に、誕生会、万博、東京旅行へも　楽しいこと大事
・子どもと同学年を担任して、共に伸びることの喜び
・大潮展（教員の絵画展）油絵50号初製作、初入選
・土曜日の午後、同僚と料理教室へ行く　喜んだのは子どもたち
・雪道をざくざく歩いて全国教研集会へ行く（日教祖）
・「道徳教育全国大会」が広島で開催、提案発表するドキドキ
・老親の面倒を見るために、37年勤めた教職を退く　ホッと
・子どもたち、大学卒業、就職、長男は高校教員、二男会社員

・舅逝き、姑、脳梗塞、以後20年自宅介護、人生勉強となる
・子どもたち結婚、孫出生、家も新築、2階、多い窓を喜ぶ
・夫、定年退職、オーストラリア、北海道へ旅、ガン死
・子どもたち、二人兼業で稲作を始める　新しい農具いろいろ
・内孫三人の世話、畑作も、ピカピカの茄子が嬉しくて
・雪の元旦、変形性腰椎症で激痛、歩行困難となる
・妹、友人、古典の師と四人で万里の長城に立つ、感動大
・姑　107歳で逝く　実母を引き取って104歳で逝く　はかない
・岡山県エッセイスト・クラブを三人で立ち上げる　心踊る
・国民文化祭岡山大会で大任を果たす　多くの助力を頂いて
・小さい賞から持ちきれない額まで頂いて面はゆい想い
・外孫女二人、結婚、詩を読んで共に涙をこぼす　熱い涙
・内孫二人　オーストラリアへ短期留学、末孫アメリカ留学
・赤磐市の小学校で詩の授業、どの子も可愛くて
「源氏物語」「蜻蛉日記」「和泉式部日記」読了　万葉集は途中まで、師について学ぶ　古典は原文で
・永瀬清子賞14年　倉敷文学賞20年審査員退く　よく学ぶ
・90歳眼の手術、治療のため「日本現代詩人会」26年、「日本詩人クラブ」14年在籍するも退く　後ろ髪ひかる思い
・杖をついて誕生ケーキを持って来てくれた友人、34年前退職した学校の若い人たちが卒寿の会をと
　ホロリとした私
・一隅を照らすことはできなかったが―よい人生だったと―。

中桐美和子　略歴

一九三一年　岡山市森下町に生まれる。

詩集

一九五五年　『蒼の楕円』〈小林美和子・中田喜美　共著〉（黄薔薇社）

一九八一年　『雪華のうた』（手帖社）

一九九四年　『私のブルースカイ』（火片発行所）

一九九六年　『真昼のレクイエム』（土曜美術社）

二〇〇二年　『絆・明かり』（火片発行所）

二〇〇五年　『燦・さんと』（青樹社）

二〇〇七年　中四国詩人文庫『中桐美和子詩集』（和光出版）

二〇一四年　『命命鳥』〈くにさだきみ　共著〉（和光出版）

エッセイ集

一九九九年　『マゴの手』（倉敷文学の会）

二〇〇三年　『壺中天』（岡山県エッセイストクラブ）

二〇一二年　『そして、愛』（コールサック社）

『学生詩人』『準平原』『岡山文学』『黄薔薇』『裸足』『芥のポエム』など経て、現在『火片』同人。
「岡山県詩人協会」理事・副会長・会長を歴任　元「中四国詩人会」理事　元「日本現代詩人会」、元「日本詩人クラブ」各会員。
現在「岡山県エッセイストクラブ」顧問、聖良寛文学賞審査員
短歌「白珠短歌会」会員、合同歌集『年輪』『樹間』『収穫』『山巓』へ出品。

住所　〒712-8041　岡山県倉敷市福田町福田1897

詩集　九十代

発　行　二〇二四年六月二十日
著　者　中桐美和子
発行者　西　規雄
発行所　和光出版
〒七〇〇－〇九四二
岡山市南区豊成三－一－二七
電話（〇八六）九〇二－二四四〇
印刷製本　昭和印刷株式会社

ISBN978-4-901489-72-0　¥1200E
定価一二〇〇円＋税